# D *i* t 0

Luiz Lucena

KOTTER
EDITORIAL

*Coordenação Editorial*: Sálvio Nienkötter
*Editor-Executivo*: Daniel Osiecki
*Editor-adjunto*: Claudecir de Oliveira Rocha
*Capa*: Bruno Palma e Silva
*Design editorial*: Carlos Garcia Fernandes
*Produção*: Cristiane Nienkötter
*Revisão e preparação de originais*: O Autor

Dados Internacionais de Catalogação na Publicação (CIP)
Angelica Ilacqua CRB-8/7057

Lucena, Luiz
Dito / Luiz Lucena. – Curitiba : Kotter Editorial, 2023.
72 p.

ISBN 978-65-5361-201-3

1. Contos brasileiros I. Título
CDD B869.3

23-1893

KOTTER EDITORIAL

Kotter Editorial Ltda.
Rua das Cerejeiras, 194
CEP: 82700-510 - Curitiba - PR
Tel. + 55(41) 3585-5161
www.kotter.com.br | contato@kotter.com.br

Feito o depósito legal
1ª Edição
2023

# D *i* t 0

Luiz Lucena

Para Luiz José e Regina Céli, pela vida como presente. Para Matias, Raissa e Benjamim, pela vida como promessa. Para Maíra, pela vida como realização.

# *Sumário*

## O resto é silêncio

# NO PRINCÍPIO ERA O VERBO

*(João 1:1)*

# Sete de setembro

Era sete de setembro. Ele tinha sete anos, ou quase. Todo sete de setembro, a cidade desfilava. As agremiações desfilavam, os colégios desfilavam, os clubes, as associações, as beatas e os safados, todos desfilavam. Seu Colégio Pequeno Polegar desfilava. E também Carolina, a colega da carteira de trás ou o amor de sua vida, conforme o ponto de vista. Já com sete ele tinha amores pra toda a vida.

Vestia um caprichado boné em camurça marrom. As botas eram da mesma camurça. Colete. Pela primeira vez usava colete. Também marrom, combinando com o chapéu, a bermuda e as botas. Naquele sete de setembro era o ícone vivo do colégio, era Pequeno Polegar.

Obedeceu às instruções: 1 – subir no caminhão, 2 – sentar bonitinho no centro da carroceria, 3 – acenar pra multidão quando o caminhão desse a partida.

Cumpridas as instruções 1 e 2, percebeu-se rodeado de jovens ninfas em vestidos coloridos semitransparentes. Aquelas mesmas chatas que no recreio nunca brincavam com ele, com nenhum menino, transformadas nas princesas dos contos! Carolina era uma princesa, disso nunca duvidara.

Pequeno Polegar foi falar com a princesa. Joelho no chão, apoio com a mão, tronco pra frente, impulso, troca de pé de apoio e, no mais crítico da movimentação, na troca de pé de apoio, o desfile parte. Coisa rápida, tempo pra nada, fração, ele e toda aquela camurça marrom estatelados na carroceria do caminhão. Carolina viu. Carolina passou por lá o olho ligeiro e ato contínuo abriu um sorriso pra multidão, ainda mais graciosa.

Daquela carroceria ele ainda hoje, adulto e criado, por vezes duvida ter se levantado.

# Bola de gude

Carregava no peito, no bolso bordado com o brasão do time, uma bola de gude transparente que guardava uma minúscula pétala delicadamente conservada em vidro, flor boiando no concreto. Era seu instrumento de capacitação, sua bengala de cego. Rapava todos os que afrontava. Meticuloso, respirando no intervalo de pensar, bolica na mão direita colada ao mindinho da mão esquerda espalmada no chão e... lance

corria a maldita, distância não era problema, um saber sem medida de que todo chão de terra pode ser batido; a danada ia esbarrando

desviando

gingando

contornando

quase na curva se perdendo

arremetendo e arrematando,

choque.

Recolhia ambas, uma pro bolso cheio da bermuda – multidão acolhendo mais um – e a flor pra lapela, no peito do estrelado brasão campeão.

## *Carambola*

Caramba!, quanta carambola cai desse pé seu moço! Pôxa, vai, deixa eu pegar umazinha só, juro, só pra distrair o azedume da vida, não tem precisão de quantidade, só conta a rebarba da migalha da doçura, só pra gente poder dizer que tem um porquê nesse mundo nem que seja roubar com permissão um gostinho doce e lambuzar a língua estalando os beiços e fingindo que é sempre isso. Deixa?

# A última oração

A lista de pedidos começava pela morte da vó do amigo, a bruxa que furava as bolas esquecidas no pátio e depositava na porta do apartamento do dono, do furo caindo uma lágrima desenhada em vermelho. Merecia morrer.

Para seu Antonio, o porteiro, dor de barriga. Muita. Dessas de ficar 30 minutos defecando ininterruptamente, pra voltar ao vaso 5 minutos depois de conseguir sair, mais uns 30 minutos plantado. E os interfones tocando sem parar, e nenhuma visita podendo entrar no prédio, e o síndico sendo tirado do trabalho pra atender vazamento na garagem.

Para papai, perder a voz e deixar de atormentar com sermãozinho bem no meio do jogo online.

Para a irmã, espinhas, umas quinze, entre o nariz, a bochecha, e testa e o queixo, concentradas. Pustulentas, vulcãozinhos com base vermelha e ponta branca. E pelos encravados no sovaco e no buço. E nenhum crédito no celular nem pra receber mensagens.

Para Agostinho, o namorado que vivia amassando a irmã, como quem não quer nada, os dois braços quebrados e engessados junto com uma incontinência urinária no meio da aula de química, bem na explicação dos íons.

Enfim, para saciar completamente aquela partezinha negra da alma de todo bom cristão, ao carinha da banca de revista que vendia as figurinhas desejava espelho e autoconsciência. Isso e só, amém.

# *Fuga e salvação*

Aquele pau voou alto, o mais alto que eu consegui atirar com toda força dos meus 6 anos. Mas a gravidade existe e a cabeça da minha prima era frágil e estava no lugar errado, bem embaixo. Os adultos que riam com copos na mão, em torno do fogo, engolindo nacos de carne assada, viraram lobos. Minha mãe, que recebia amigas que nunca tinham vindo lá em casa e a irmã de bem longe, transformou-se. Em um átimo eu estava fora daquele sol gostoso, no chão frio do meu quarto, com o peito da blusa encharcado de lágrimas. *Não foi por querer, não era pra machucar ninguém, a gente tava brincando, ela também atirou, ela que ficou embaixo, eu não tenho culpa, não gosto mais de você, nem pense que vou te perdoar, eu quero sumir daqui!* Guardei uma cueca amarela, uma pasta e uma escova de dentes, dois carrinhos e um pacote de bolacha salgada na fronha do travesseiro, que amarrei na ponta de um cabo de vassoura, conforme tinha visto nas revistas em quadrinhos. Passei pela festa com cara amarrada, disse tchau, não volto mais, abri o portão. Esquerda ou direita? Esquerda era o caminho da quitanda, da maria mole e da raspadinha, direita era o caminho do campinho e do caminhão abandonado, sede do nosso clube. Tava sem fome, direita.

Três quadras era o perímetro do território explorado, pra lá seria trabalho de bandeirante. Putz, esqueci o canivete (a perna hesitou no passo), volto ou não volto? (a perna desequilibrou pra frente), não volto. Sol de frente na cara é ruim de andar contra, parece que tá empurrando pra trás, vendido! Vou até o campinho e paro pra comer um pouco, pra dar energia. Não, melhor deixar pra de noite. Onde vou me esconder? Na carreta, claro. Na carreta não, já vi lagartixa por lá. Deusolivre lagartixa em cima de mim. Onde será que o Marcão mora? Perto, deve ser. Tá sempre no campo. Vou pra lá ver se encontro com ele, deve dar abrigo, sempre foi gentil, nunca vi adulto tão feliz com criança por perto. E se ele não tiver lá?

Se eu não conseguir achar um lugar claro pra dormir, se ficar tudo noite de noite? Saco, por que ela tinha que ficar embaixo do pau, aquela magricela? Vontade de socar! Agora sou eu que me ferro e vou ficar sem família pelo resto da vida! Pelo menos a magricela não preciso mais encontrar. Sempre querendo brincar com os meninos, só atrapalhando. E minha mãe, sempre: *cuida dela, hein? É mais nova, e é menina!* Saco, pirralha fresca! *Quero que você brinque com ela, viu?* Saco! Merda, caiu alguma coisa. Não, as bolachas! Saco saco saco!!! Vou catar, não vou ficar com fome por causa de sujeirinha, isso não, bichinho invisível que se dane. Será que tem macarrão na casa do Marcão? Ele já disse outro dia que faz um macarrão com carninha bem gostoso, hum, que fome. Saco! Deixa eu amarrar melhor isso aqui pra não cair de novo.

Já tou longe, né? Quase duas quadras, ninguém nunca mais vai me encontrar. Nunca mesmo, não mais. Xi, vontade de fazer xixi. Vou fazer na casa do Marcão, agora é que eu não paro. Senão vai me dar sede. Sempre é xixi e copo d'água, pra repor. No Marcão deve ter. A mãe vai ficar uma arara, ela implica com ele: *quem é esse homem? Por que ele tava falando com você tão de pertinho? Não quero nunca mais que você fique sozinho com ele, volta correndo pra casa junto com as outras crianças da rua, senão nunca mais futebol no parquinho!* Ela vai ficar uma arara, mas é o Marcão que vai me salvar.

# VIVER É MUITO PERIGOSO

*(Riobaldo, em Grande Sertão: Veredas, de João Guimarães Rosa)*

# Dito

Dito era imbatível. Bico duro, músculos tesos de galo magro, espora firme e asas ágeis, daria uma bela figura de bronze em telhado de fazenda, marcando a direção do vento. Mas o habitat de Dito era menos brisa, mais furacão. O treino diário era puxado, com adversários diversificados. Cansou de matar filhote pra treinar bicada, cegou gato, furou porco, até cachorro do mato destroçou. Dito era imbatível e o dono enchia os bolsos.

A rinha seguinte era a mais esperada da região. Dito contra LaConcha, o galo da capital, medalhado internacionalmente, acostumado a enfrentar muito galo paraguaio, argentino e uruguaio. Até *coq français* já virou canja de capiau por conta da fúria de LaConcha que, reza a lenda, dormia na cama da dona, uma loira dessas de farmácia com muitos penduricalhos dourados, viúva de um fazendeiro do café.

As apostas dobravam a cada hora nos campos e galpões. Era tanto dinheiro que quem recolhia era o delegado, pra evitar briga de gente, que não rendia lucro nenhum, só trabalho e aporrinhação.

Noite de gala a da briga de galos. Presentes o prefeito, a primeira dama, a amante e o cura pra benzer. Cobertura ao vivo da rádio local, dois locutores e um repórter pra destrinchar os lances, transmissão aberta a toda região. Dito dormia na Caravan, segundo o dono pra guardar energia e marcar na memória o cheiro do caminho de volta pra casa, de modo a deixar o galo mais certeiro. LaConcha era a fera enjaulada, no meio do ringue, atiçada pela movimentação da plateia e pela dona que volta e meia lhe dava um beijo e sussurrava: mata logo e vem pra cama com a mamãe.

Finalmente acende o holofote no centro da arena pro juiz anunciar o fim das apostas e chamar para duelar. Dito é acordado com um choque, só pra irritar. E, sem demora, é jogado pra cima de LaConcha, quem sabe logo mais outro cadáver pra viúva loira chorar.

# Onda do rádio

Alô aí você maninho que está na área, chegando aos seus ouvidos de sintonia fina mais uma onda de importância: a dor é tão velha que pode morrer? Segura a responsa das causas múltiplas que se apresentam. Sabe aquela mulher mimosa que te empurrou um lero sem graça pra que você sujasse as mãos de graxa e ela nem tchuns pra te oferecer uma caroninha no BM? Sabe do patrão que te joga um papo inventado lá nos States de produtividade, competitividade, alta rentabilidade e na primeira subida do doleta te envia pro poço da miséria mas não cancela de jeito manera a viagem com a diretora de marketing, pra não ficar com a imagem borrada na foto e não perder o cheirinho da boceta? Sabe a do gari que devolveu a pasta com dinheiro e dias depois tava na fila do SUS pra pegar ficha pra exame de sangue, meses de espera pra coleta? Sabe do polícia com quem ele deixou a grana na delegacia, muito gente fina, nem engrossou nem nada, que embolsou metade e metade outra foi pro pó, pra seringa e pra roleta? Sabe do machão que enfiou a mão na mulher e nos dois filhos, enfiou cana goela abaixo e enfiou no rabo, na madruga, o pau do primeiro michê gracinha por vendeta? Sabe do juiz que fodeu a moça violada liberando o tarado porque achou que a gostosinha tava era se engraçando pra rapaziada com decote e saia curta, e melou a mão no banheiro numa gemedeira de desejo de participar de curra grudenta? Sabe do padreco de olho nos coroinhas, só na espreita? Sabe da guria que perdeu a calma na cozinha e afiou a faca pra quando o babaca dormisse arrancar-lhe os bagos e botar no molho misturando com a polpeta? Sabe do neguinho que foi linchado porque parecia a cara e o cu do pilantra que rasgou a vó, a mãe, a filha e a neta? Sabe de tudo o mais, então fala aí cambada!, foi bom ontem o capítulo da novela? Foi engraçado ver a madame encontrando o amor no pé rapado? Ficou amansado, rindo à toa na frente da tv? É, tá provado, malandro, remédio pra dor de injustiça é esquecer da vida. Sem desatentar que ela um dia vem cobrar a dívida esquecida. Hora do horóscopo...

# Ser e estar

Lindas línguas essas (pensemos, entre outras, no alemão, no inglês, no francês) em que o ser e o estar são o mesmo. Línguas da poesia utopética, uma utopia poética? Ou da constatação pé no chão?

Essa barriga minha saliente... Eu não seria mais saudavelmente conforme à minha autoimagem se não a tivesse? Sim. Estar me alimentando displicentemente e estar acomodado fisicamente não são na realidade o que sou agora, displicente e acomodado? Estar é ser agora.

E não sou feliz somente quando assim estou? Não sou somente enquanto aqui estou?

E a memória que se fará de mim? A memória não é o estar que sobrevive ao ser? Ser lembrado não é uma forma de estar aqui? Querer ser lembrado não é querer estar lá? Mas o tempo do estar não é lá, é aqui. E a memória, ela própria fugidia, instantânea, é do tempo do estar.

Para lá estar, único modo lógico e sem garantia, é ser eu aqui, pra que a sobra dos meus atos somados, elementos pra matemática da dialética do tempo, lá estejam. Para o que eu fui, à minha maneira, lá seja, à sua.

Por isso, abdominais!

# Pinta aí

Ela disse *pinta aí* e entrou em casa deixando no ar o perfume do xampu e a dúvida da intenção. O perfume ele guardou pra lá do fundo da memória, a dúvida segurou firme pra não cair na correria de alcançar o ônibus. Alcançou. *Pinta aí*, um discurso breve e direto em que, de tão reduzido, parecia não caber a dúvida que causara. Paisagens passando, pontos de interrogação teimando em ficar, tentou no flerte com a moça da frente enevoar aquela ideia de peso maior do que o ar. Percorreu lento os cabelos da menina, caiu abaixo da cova do queixo, pegou embalo na curva dos seios e foi parar na ponta do dedo, sem anel de compromisso, uma pinta prestes a cair do mindinho, unha empurrando pro chão. Tranco no ônibus. A sentença se lembrou de seu peso e tombou na cabeça embaralhando de vez as possibilidades de compreensão. *Pinta aí* seria um convite de fundo falso, truque esperando mão de mágico pra espanto de plateia, pura ilusão? Ponto! Desceu atrapalhado atropelando aquela pinta na ponta do precipício, sem licença nem perdão, caiu direto na poça, chuva que atinge debaixo pra lembrar que foi chovida, constatação pé no chão. Maldisse a infeliz da poça, colheu a petulância inútil, torceu-a bem e caminhou pra casa pra um banho de imersão. Pingando depois de lavado, ponderava a frase como se analisasse texto complexo de vocabulário e pontuação. *Pinta aí*, recapitulava impaciente até o fim previsível da capitulação. Deixou de mastigar a cantilena, cuspiu a cisma no chão e, perfume espalhado no corpo, saiu afinal, hesitante, rumo à conhecida direção.

# *Scène de ménage I*

Então amor eu me pus a choramingar baixinho enquanto você se barbeava contente da manhã que começava, sem nada saber de um filho recém-abortado, você que ama as crianças. E você, sem mesmo nada saber, cuidadoso da lâmina sobre a garganta.

# Iscolha

Dá di pensar dimais.
Dá di dizer SIM si nóis acha qui é,
i NÃO si não acomoda u ispíritu coas ideia.
Dá di si intentar qui NÃO e SIM é riscu, é, é vida.
Dá di vê si dipois du SIM i du NÃO
nóis gosta du qui nóis fica.
Dá di sentir qui SIM,
nóis firma quandu s'afirma.
Dá di ver qui si alguém assoma
i si os NÃO i os SIM dessa pessoa é mais forti qui os nossu,
NÃO é pur verdadi divina
é SIM puro nossu erru di ótica, é troço torto nus olho,
é gigantíase pupilativa.

# *Definição*

**Prostituição**

Sabe quem se separou? Bernardo Folgido. Filho do Leogildo Carraro, aquele cirurgião plástico das estrelas, cada consulta uma jóia a menos no cofre, filha. Liga, vai.

**Proteção**

— Se se machucar, apanha!

**Oposição**

— Sei que do lado de cá você parece do avesso.

**Oração**

— Pô Deus, que diabo!

# No semáforo da esquina

Minha tia dizia *piá já pra escola*, e eu ia. Lá não sei dizer hoje com precisão o quanto que aprendia. Quando tinha professor era livro que não tinha. Acordava cedo todo santo dia, às vezes com uma puta preguiça, poucas com euforia. A alegria maior era sentar do lado da Bia. Essa sim, me ensinou muito mais que eu pretendia. Umas lições eu nem imaginava que ia. Lembro do recreio em que entendi no banheiro a utilidade da pia. Aprendi tão direito que sem canudo nem louvaria virei foi mestre da matéria e começou a aparecer aluna em romaria. Mas de álgebra, pontuação, geografia, só sabia era dos vermelhos no boletim e da bronca da minha tia. Minha mãe foi embora muito cedo, dizia não querer vida de Maria. Ouvi dizer que mora hoje em boate de periferia. Pai, não sei nem da precisão nem da serventia. Me valho eu mesmo sozinho, eu e minha valentia. E pra me safar de errar em tentação de ladraria virei artista de semáforo, feliz de ter aplauso, contente de ter sorriso, admirado de ser notado, mas inteiro mesmo só no barulho das moedas no bolso, que é pra lotar de ambrosia todos os cantos da geladeira que já enjoou de ficar vazia.

# Clotilde

Clotilde, do outro lado da rua, no vão lateral do bar em frente, espreitava há tempos a concorrente por seu homem, a loirinha Catarina de formas recém-modeladas pelas mãos do tempo que naquela vez acordara inspirado. A distância entre elas era menor em anos do que na inspiração do artesão. Talvez Clotilde seja de um dia de ressaca, o que explicaria a cara amarrada de quem só come caqui verde. Catarina era só tutu de feijão. Aos muitos que creem na justiça universal, na infalível sabedoria da natureza soberana, Clotilde recomenda um bom prato de caqui verde. E depois visitar Catarina e avistar seu homem Bernardinho babando em cima da panela bolhando caldo de feijão. A bela bulindo as iguarias da própria horta sem nem perceber os burburinhos que chegaram das bocas aos ouvidos ao incrédulo orgulho de Clotilde, que por ora jazia arrebentado no chão. Foi o tempo de azedar um litro de leite, de em bolor se tornar o pão. E de Clotilde, raiva apertada no vão do bar em frente, esmerar a paciência na espera de, passada a sobremesa, Bernardinho acordar da sesta e, pai de família honrado, voltar pra casa pra sopa rala em frente à televisão.

Clotilde vestiu a farda de pedaços de orgulho remendados nas histórias das Medéias de cada bairro, uma congregação ativa de muda mútua sustentação. Sentindo o impulso trágico da história, só da sua, já uma abundância de informação, livrou-se à mitologia para dar cabo de vez por todas da frágil imprudência de Catarina e ligeiro seguir pra casa, afoita refazendo o penteado, pra logo logo corromper sua indignação com um amor mal temperado, mas que chega de bão pra quem nasceu em quintal de caqui amarrado.

# Ao pé do ouvido

Te ter agora é como dia de chuva no meio do verão: refresca, faz festa, brinca as crianças nas poças, resfria os velhinhos, e quando sai deixa galhos de árvore no chão. Aí vem silente o sol e seca o aguaceiro, daquele jeito ardido.

# Volteio

Viro a caninha
devolvo o copo

cambeio

me arremedo 'inda tonto

entorto joelho

volteio volta redonda

me escarrapacho no meio.

# Orgulho da mamãe

Mamãe sempre ensinou a lavar as mãos antes das refeições, pedir licença pra deixar a mesa, dizer *obrigado* cada vez que recebia um presente, dar o lugar no ônibus pros idosos e pras grávidas, e sou muito agradecido. O resto aprendi na rua. Saí de casa tão cedo que nem me lembro quando. Segui meu pai pra capital, me impressionei com tanto barulho apesar de tanta gente calada, me desgostei de não ter um amigo no meio de tamanha multidão, me esqueci logo disso e me acostumei a ir sozinho sempre, fosse onde fosse, concorrente de todos no ganha-pão. Com sorte e suor me tornei empresário diuturno. Pra mamãe contei que de dia lido com seguros de automóveis – sou guardador de carro – e de noite com a indústria da animação – sim, sou cafetão. Como guardador de carro ganho o que me permite pagar as despesas do barraco onde moro com as cunhadas e a patroa, menina que já foi muito bem apessoada, mas depois da quarta cria nunca mais perdeu a barriga. Os moleques me ajudam na empresa diurna, ampliei em três quadras minha fatia de mercado, só esperando o mais novo desmamar pra pegar mais quadra e meia, cuidar de frente de banco e lavanderia e correr a concorrência de volta pro serrado.

Não tenho medo de criar uma boa briga, se esperar a oportunidade periga o menor morrer com bicha na barriga. Enfrento a crise com educação, abro porta pra madame, digo *licença, obrigado, volte sempre patrão.* Meus pequenos tão tudo sendo criados na preocupação de mamãe, bem asseados e educados, e os clientes se encantam com as palavras de agrado e com as reverências com a mão. A patroa tive que empregar de noite junto das irmãs, não criei ciúme que não sou besta de botar impedimento em profissão. Ela no começo não se acostumava com o batente, foi criada em família crente, pai pastor e vó beata, dizia em voz alta o terço todo dia três vezes, eu até que não me importava com essa aporrinhação. Depois que pegou a última barriga, deu de ficar calada dia todo, penso eu que guarda a reza pra lida, não me meto nisso não. Só me encarrego das finanças; o jeito, a forma, as manias, só não pode é espantar cliente, só não quero faturamento reduzido, causa que inda necessito por demais voltar pra ver mamãe depressa, ela que já tá se esvaindo, entrevada há mês e meio em cama de hospital, pros médicos toda orgulhosa de mim se exibindo.

# Acróstico I

**N**ada que te disse
**O**ntem, embora a
**I**ntenção fosse lá a regra
**T**em a potência – que havia – de brado
**E**ntoado em campo de batalha.

**D**esculpe
(**I**ntervalo curto)
**A**manheceu.

# Acróstico II

**M**amãe, o
**E**nteado do papai tem nome estranho
**D**eclama umas rezas esquisita e ficou
**O**ntem no telefone falando uma língua de terrorista!

# *História de rir*

Certa feita virou o palhaço antes do combinado, no toque agudo do trombone, a fim de verificar a preparação do comparsa para encher-lhe a cara de creme de torta mal preparada. Ficou pasmo com a displicência no modo de carregar do outro, nem equilibrando astuto nem espreitando em esperteza covarde, o que seria bem-vindo ao efeito cômico, apenas pegando a dita torta com a total desatenção de alguém que cata o papel no chão depois de errar o arremesso ao lixo – uma trajetória desviada por incompetência, tempo supérfluo estragando a intenção, piada mal contada.

Deu-lhe então nas ideias de inverter a causa da risada, garantindo ao público o efeito do suave suspiro depois da longa gargalhada. Girou sobre seu eixo, sapatos de bicos quilométricos qual bússola perdendo o rumo, rumo às geleiras do sul. Feita enfim a força de contradição, criada a tensão, aproveitou-se da suspensão distraída do comparsa, pego no contrapé em dança mal dançada, e dobrou-lhe os braços de uma só jogada fazendo voar a torta em torto trajeto até a tosca testa maquiada, lambuzando peruca de careca falsa, nariz vermelho roseando, gravata pressionada esguichando água, jatos de creme pra todo lado.

E o público, em incontida alegria, aplaudia a palmas surradas a astúcia de um, crendo fiel na cena não ensaiada.

# Tourada

Do outro lado da arena, via o toureiro apertando a mão na capa vermelha, com o pé direito flexionado pra trás, como se pronto pra ré em caso de dúvida. Mas não entendia direito o que pretendia aquele homem com roupa esquisita abanando um enorme leque que parecia não servir pra espantar o calor. Ignorava o matador e passeava mansinho, se concentrando nas moças da arquibancada. Só não contava com as espetadas no lombo, com os palhaços armados de espadas e varetas que viriam lhe pentelhar. Aí ficou furioso, aí foi um corre-corre-pega-pra-capar, aí nas moças da plateia se avivou o interesse, aí a vaidade aumentou com a atenção, aí aquele esquisito, de calça de bailarino com leque colorido, foi ficando mais atrevido, aí foi chifrar e, vexame, levou olé.

Quando as moças aplaudiram às gargalhadas, quando o toureiro volteou mesuras de agradecimento, furioso, não pensou duas vezes: se atirou em correria, chifres afiados em pedras, orgulho de uma raça, contra a armadura de pano e outro olé. Indignado, fechou os olhos, mirou a sombra que fica impressa na retina por segundos e desandou.

Só foi saber tarde demais que o leque escondia a espada, só foi sentir na carne a covardia, só uma estocada e seu sangue farto tingiu o chão, pra empolgação contagiante das moças com as bandeirinhas.

# Coletivos

**Coletivo 1**

Uma ninhada se faz com vários bicos piando e um grande esforço pra trazer uma minhoca.

**Coletivo 2**

Pra uma cachorrada basta um tanto de azedume revestido de mel.

**Coletivo 3**

Amontoado é aquele bando donde não se distingue a vontade da decisão, a coragem da cara, a voz da razão, nós de cada um.

**Coletivo 4**

Junte dois meios e verifique se alcançam o fim.

# *Scène de ménage II*

Diante da mulher estática na cozinha:

— Pensando o quê?

— ... Prevendo como seria o futuro do que éramos. Falou, sorriu amargura e voltou a recolher feijão.

# Casamento

Foi lindo!

Da porta da igreja ao altar a noiva desistiu do casamento porque o coroinha lhe lembrou do primeiro namorado. Ah, aquele sim era homem de verdade, de fazer gelar os dedos dos pés e lambuzar as coxas só de lembrar o último encontro. E chegava com flores, quantas, muito mais bonitas que esse buquê barato que o tosco no noivo mandou comprar depois de comparar – sempre o preço, sempre o custo-benefício, e agora ela entendia que o problema do valor era reflexo do próprio sujeito, tipinho barato.

Nunca um desfile de noiva foi tão bonito, porque da entrada da igreja até o altar foi-lhe abrindo um sorriso que brilhava a descoberta de tudo o que ela não desejava. O noivo, esse, nada percebeu porque não olhava para ela, preocupado com a despesa do restaurante, a contar os convidados na igreja.

# *Impossibilidade*

Se nunca pudéssemos saber a real idade das pessoas, se o grau de degradação da carne não expusesse nosso tempo de existência e sim um estado de alma, se o vocabulário refinado do velho e o gaguejo da criança não passassem de capricho ou preguiça do espírito, se...

Como falaríamos ao velho que se vê à frente e que bem pode ser criança em irritação de sono? Como falaríamos a nosso filho, quem sabe adulto acomodado?

# *Bocó, que nada*

Caiu cedo aquele moço, mas tão bonito!, e ele que quase teve a chance de ficar pra sempre – mas pra sempre alguém fica? Sei não, sei nada. Minha tia acha que foi inveja. Demorei pra saber que inveja é uma coisa que a gente se queixa mas um pouco gosta, os que têm e os que merecem. Ruim é, mas passa. Tão bonito aquele moço! De dar inveja. Ele dizia coisas fartas, que ouvia tupi e se arrepiava. Tinha ouvido, sabe? E fazia a gente chorar, não sei por que, contando uma história que ninguém entendia. E era linda!

Gostava, eu, ele, ela, gostava. Ela apareceu de repente, né? Foi. E ficou. Ainda fica, ele é que caiu. Sentia inveja, coisa estranha, de mim. De mim! Eu que tava lá sempre, ele perto, ela nada. Ele tentava, ela distraída, eu de butuca, longe, nada. Um dia deu na paciência, desisti de ficar nessa de nada, e fui. Fui mesmo. E ainda vou. Ela ficou perto, bem. Ainda fica. Cada vez que ela vem aqui, perto, cheiro e tudo, lembro da tia. Bom é dentro, ela dizia. Bom mesmo. Mas dentro eu fico pouco, tou sempre fora. Não dá pra ficar sempre na espera. Vou fazer dinheiro. Pouco é mais que nada. Pra não ser bocó, sabe? Bocó assim, de reclamar deitado.

Ela, nada de bocó. Moça mais que ajeitada. Ela vem e vai sem se incomodar do esforço, diferente dele, só conversa fiada. Ela sabe por que ele caiu. Tão bonita, nem tem como de tão bonita! Tem. Tem... De uns dias fiquei incomodado. Ela tava ficando pouco, sabe? Semana vai e nunca diferente. Pensei: ele caiu foi de bocó. Foi. É o que ela fala. Minha tia dizia mais: bocó e rabo de gato, cuida pra não prender. Ninguém bocó, cuida. E nesse tempo ruim, eu aqui e ela nada, não vinha e nunca entrava. Nunca. Eu tava de bocó. Desprendi. Moça bonita, nem tem como! E cheiro e tudo! Nunca vi. Ela sempre criticava minha tia: agouro de gente! Nunca entendi. Sempre de paz. Não tem que entender, né, tia?, cachorro espumando e gente que ladra. Desprendi de graça.

Ela, nem pude sentir falta. Voltou cedo. Nem imaginava que tão cedo. Fiquei feliz. Demonstrei pouco, falei nada. Toda faceira chegou, trouxe bolo, fez empada, colheu rosa, parou dentro. Ele? Importante, foi, ela fala. De dar inveja, eu calo. Mas inveja sempre se bate. E cai. Sobrou nada, o tempo passa. Ela ficou, dentro, agora, cheiro e tudo. Esqueceu de ir, né, tia?, enroscou que nem galho, juntou denso, teimosia da vida, felicidade de enxurrada.

# Autorretrato em voz baixa

Com os amigos sou do tipo confiável, até mais do que convém. Com as mulheres sou volta e meia muito esperançoso. Comigo mesmo sou muitas vezes, no máximo, de corpo presente. Na rua sou um que muito observa e pouco conclui. No ônibus me junto covardemente à multidão de silêncios face aos larápios fingindo ouvir no fone *paz sem voz não é paz, é medo*. A ocasião em que mais me aproximo da minha verdade é dia de chuva torrencial quando, atrasado e encharcado, perco todos os táxis que passam pela banal inaptidão de saber assobiar.

# O RESTO É SILÊNCIO

*(Hamlet, na cena final da peça Hamlet, de William Shakespeare)*

# *Carta amarga*

João,

Em cada casa uma sentença de morte paira sobre a felicidade da família. Em que momento virá a viúva da vida, nem o destino imagina. Ela chega aos poucos, não invade nem bate, é uma infiltração na parede de dentro da gente, coisa tão lenta que não se sente no andar dos ponteiros, que irrompe como frieira e ligeiro se escamoteia ao menor sinal de preocupação-prece-promessa porque qualquer outro canto do mesmo organismo é bom esconderijo, bela morada. O casal que não se sente distancia da simpatia, solicita esforço besta, sintoniza com a rixa, alimenta com ração reforçada tudo o que desconfia, amarra o corpo numa penúria de carinho e imerge na condição da pobreza que se escolhe por dó de saber que a riqueza de sol e amor um dia, inevitável, acabaria. Amor, basta. Palavra nefasta, promessa de coisa que nunca nem aqui nem em lugar nenhum um dia. Porque casal que não se sente é amarração de cada um com a tristeza de se saber de mais ninguém. Feito desconfiança que a gente planta ao meio dia pra colher à meia-noite, quando dormem as crias. Fruto podre com o qual a gente se refestela como a melhor iguaria. Quanta diferença entre o primeiro beijo, o primeiro amor e a primeira porrada da língua que escarra na sua esperança que não entendeu, meu bem, que nem hoje nem nunca foi verdade aquela fantasia. Remédio nenhum. Só pus, perdão fingido, pomada errada na escara que crescia. Hoje, amor, foi bom ter ficado só. Nua e só. Só as crianças impedem meu banho quente da alforria. Só por elas ensaio todo dia um bom-dia chocho, engulo um café frio e amargo e me enfronho no fingimento de ser pedaço da sua história, refém da nossa memória, sua.

Maria.

# *Trem*

A menina cresceu olhando o mato invadir o espaço dos trilhos, ansiosa por ver o trem passar. Toda noite era acordada pelo apito no meio do sonho, mas era só abrir um olho que o barulho cessava. Um dia a menina decidiu: engomou a camiseta do colégio, a roupa mais bonita daquela cômoda pobre, espalhou nos cabelos um creme da tia, guardou no bolso da calça uma foto da família e saiu ainda noite feita caçar o trem de madrugada, atenta ao reconhecimento daquele instante exato em que o apito gritava alto e a fazia acordar. Aí, se a sorte for companheira, vai montar ligeiro e virar passageira do sonho para sabe lá Deus onde desembarcar.

# Picando fumo

Diz que às vezes se tem que baixar a cabeça, dobrar os joelhos, mirar os dedos dos pés pra seguir na lida da vida. Fiz isso já foi por demais seu moço e a dor no lombo não vale o sorriso maroto dos pilantras que te chupam as feridas. Foi então que num relampear na cachola, finquei o pé de não mais me arrastar em terreno bom de correr, e correr tanto pra embalo de decolar. Só me jogo mesmo pro chão é quando avisto chumbo vindo mais grosso que a minha carcaça. Me caio já engatando o gatilho que tiroteio não é o que mais me arrepia. Quem muito que teme é quem se perde em começo de romaria. Eu, de minha parte, quero é afinar a voz na cantoria pra ver santo em altar preparado, todo empertigado, com trato. Sem pressa de ver santo ao vivo e sem deixar que homilia de padre me desvie.

# Romualdo

Romualdo remexia suas gavetas à procura do seu passado. Atrás da foto da antiga noiva que o largara no dia dos namorados, atrás do padrinho de crisma que morrera repleto de vontades endividando-o com a funerária, atrás dos primeiros óculos que marcaram na sua cara ângulos bem atabalhoados, atrás da carta da prima que deixara sua inocência enrubescida e culpada, atrás de um eu-menino que não lembrava onde largara.

Encontrou cartelas de bingo, maços amassados, recortes de peitos de mulheres, palavras na gordura de guardanapo, duas doses no fundo de uma garrafa e quatro agendas de telefone quase vazias com nomes que não lhe diziam mais nada. Empreendia uma árida busca de frescor sepultado, como pétala dentro de livro, seca e empoeirada. Mas a flor não trazia nenhuma lembrança da história contida, menos ainda ideia do jardim onde fora cultivada.

Esperançoso, Romualdo intuiu que o menino, pura vivacidade, bem que podia estar a brincar de esconde, num canto escuro a se deleitar do seu desamparo. Mas, ao chegar ao fundo da cômoda, entristeceu: pelo mofo de alma penada, é mais provável que a criança seja cadáver desfeito no tempo que os separa, decrepitude impregnada nas coisas, atitudes, semitons, pressas e lentidões desse Romualdo de agora, esse de vistas cansadas.

A única decisão possível agora, em um belo dia gelado de sol, foi a de vender o armário.

# *Dead line*

Quando for chegada a hora, seu dotô, quero flor na lapela não. Quero terno bem alinhado não sinhô. Nem moeda nos olhos nem gravata ajeitada que eu nunca que fui de me pentear nem pra missa nem pra moça. Quero do jeito que fui e sou nessa vida daqui dessa terra: cinta de couro pra segurar o facão, sandália desgastada no arrastão, poeira encalacrada nas unhas, colar das línguas dos faladô e dedos dos alcaguetes. Quero que o diabo me reconheça e deixe entrar. Que me receba com o cálculo na mão pra eu saber no final das contas se as porradas que levei diminui das que dei e se os choros que engoli desconta dos que fiz raiar. Quero assuntar nos olhos do tinhoso pra ver se entendo porque foi despejado do paraíso, das mordomias, e daonde que saiu tanta teimosia pra da lama fazer tamanha maravilha. Vou lá perguntar se precisa de serviços meus, me oferecer pra modo d'ele descansar um pouco que eu garanto a ordem com gosto e maestria. E que nem precisa desconfiar que o poder eu não quero não. O que me arrepia é só uns olhos pra cegar, dente pra serrar, testículo pra cozinhar e fazer engolir com água fria. Quero saber se o danado tem mesmo gana da dor ou se já envelheceu a rebeldia. Quero botar lenha no inferno pra ver se desanco a distribuir toda porcaria. Porque é tanto peso pra um só, seu dotô, que me admiro de ter aguentado tanto tudo sem um mínimo alento em nenhum raiar do dia.

# Indesejada das gentes

Ih, maninha, chegou a indesejada das gentes. Manda lá mano Pedro avisar a caboclada da região mais de cima que embaixo vai ter enterramento de moça distinta, formosura de cabelo preso em coque, nadinha de batom nem de mácula nenhuma no branco virginal, belezura de planta pra terra se abrindo em avesso de ventre, mais uma pro esquecimento dos tempos e pra lembrança de algum João.

João que ficou soluçando e difamando céus e mares no desejo de chacoalhar a cabeça e na volta da posição primeira ver a inversão desinvertida, topar com a menina em riso escapando pelo meio da vergonha, vulcãozinho inativo preparando surpresa pros vizinhos, lava quente pronta pro esporro, vida em incontida repressão.

Isso ontem, hoje nada.

# Colo de vó

— Sabe, menino, dia vai dia vem eu reencontro minhas memórias só para lembrar que a vida é um esquecer de fatos – uns importantes, inclusive – que, com o brotar do tempo, um segundo aqui outro ali, somem como para a chuva: quando olhamos, não há mais.

# O homem nu

No fim do dia, Florindo teve a inspiração da sua vida: por que não a ausência como ponto de partida? Isso ele pensou não ao ler um compêndio filosófico niilista, isso ele pensou ao parar embaixo da árvore do pátio e ver a sombra esmorecer ao anoitecer até sumir de vista.

A ausência da sombra não era a ausência da árvore! Levantou os olhos, viu folhas, viu um ninho. E compreendeu. Dizem que Michelangelo tinha explicado a criação da escultura Davi dizendo *retirei da pedra o que não era Davi*. Florindo compreendeu Michelangelo. Florindo começou, naquele momento, a despir-se.

Não ficou nu no meio do pátio, não opôs uma resistência a tudo como estratégia programada, não cunhou discursos, não buscou convencer menos ainda chocar, não fez nada disso. De olhos abertos, contemplou-se ali, embaixo da árvore e intuiu – porque intuir é pensar com a alma – que naquele anoitecer vivia a mais completa alvorada. Mudou Florindo a noite em dia sem esforço, consagração ou ritual; nenhum passante jamais veria o que naquele momento aflorou: um homem inteiro, pequeno como todos são, e imenso, presente, forte e suave como a respiração que dilata os brônquios segundo a segundo automaticamente, em troca incessante e transparente do ar de fora com o ar de dentro, a coisa mais importante sempre aqui, essência que se vive até o fim e que só se sente.

Luiz Lucena é escritor, ator, diretor teatral e editor. Formado em Maîtrise em Artes Cênicas na Universidade Sorbonne Nouvelle, em Paris, participou da criação de mais de 30 peças e filmes e produziu inúmeros materiais didáticos. Dito é uma de suas obras literárias.

pólen bold 90 gr/m2
tipologia adobe garamond pro
impresso no outono de 2023